Thinking060

【不簡單女孩5】

到叢林冒險的女孩

倫敦動物園昆蟲館第一位女性館長
昆蟲學家艾芙琳‧奇斯曼的故事

Evelyn the Adventurous Entomologist:The True Story of a World-Traveling Bug Hunter

作　　者：克莉絲汀娜 ‧ 依凡斯 Christine Evans
繪　　者：雅思敏 ‧ 伊瑪穆拉 Yasmin Imamura
譯　　者：齊若蘭

社　　長：馮季眉
編輯總監：周惠玲
責任編輯：李晨豪
編　　輯：戴鈺娟
美術設計：Ancy Pi

出　　版 / 字畝文化
發　　行 / 遠足文化事業股份有限公司
　　　　　地　　址：231 新北市新店區民權路108-2號9樓
　　　　　電　　話：(02)2218-1417　　　　　傳　　真：(02)8667-1065
　　　　　電子信箱：service@bookrep.com.tw　　網　　址：www.bookrep.com.tw

讀書共和國出版集團
社　　長：郭重興
發行人兼出版總監：曾大福
印務經理：黃禮賢
印務主任：李孟儒

法律顧問 / 華洋法律事務所　蘇文生律師
印　　製 / 中原造像股份有限公司

定價 350 元　　　　　　　　　　　2020 年 10 月　　　　　初版一刷

書號：XBTH0060　　　　　　　　　ISBN：978-986-5505-38-7

獻給班恩和我的兩隻小蟲子
艾蜜莉和安娜貝爾
——克莉絲汀娜‧依凡斯

獻給我絕對不傳統的母親
——雅思敏‧伊瑪穆拉

到叢林冒險的女孩

倫敦動物園昆蟲館第一位女性館長

昆蟲學家艾芙琳‧奇斯曼的故事

文——
克莉絲汀娜‧依凡斯
Christine Evans

圖——
雅思敏‧伊瑪穆拉
Yasmin Imamura

譯——
齊若蘭

Evelyn the Adventurous Entomologist
The True Story of a World-Traveling Bug Hunter

艾芙琳‧奇斯曼在1881年出生，那時候，大家認為女孩子應該穿著蕾絲裙，乾乾淨淨、文文靜靜。那個年代的小女生，絕對不可以跑到外面去捉昆蟲。

但不管怎樣，
艾芙琳還是去了。

她ㄔㄚ和ㄒㄥ哥ㄍㄜ哥ㄍㄜ姊ㄐㄧㄝ姊ㄐㄧㄝ
一ㄧ起ㄑㄧ去ㄑㄩ森ㄙㄣ林ㄌㄧㄣ裡ㄌㄧ探ㄊㄢ險ㄒㄧㄢ，
在ㄗㄞ池ㄔ子ㄗ裡ㄌㄧ玩ㄨㄢ水ㄕㄨㄟ。

在泥濘中爬行，
口袋裡塞滿各種蟲子。

她在英國小小的家中，夢想外面的廣大世界時，罐子裡的螢火蟲也一閃一閃發出亮光。

許多年後，艾芙琳申請進入獸醫學院就讀，渴望幫助生病的動物。

然而當時是二十世紀初，女性沒有投票權，能上大學的女生少之又少，當然更不准女生當獸醫了。

所以，艾芙琳只能選擇第二志願，她受訓成為犬護士，開始照顧生病的獵犬、鬥牛犬和㹴犬，私心盼望著幾年後，獸醫學院會開始招收女生。

她餵狗兒吃東西，給狗兒量體溫，還餵牠們吃藥，但內心仍然期盼當獸醫。

有一天，艾芙琳的朋友葛瑞絲寫信給她，說表哥勒佛若伊教授正急著找人來管理倫敦動物園的昆蟲館。

昆蟲館過去從來不曾有過女館長。

但_{ㄉㄢˋ}不_{ㄅㄨˋ}管_{ㄍㄨㄢˇ}怎_{ㄗㄣˇ}樣_{ㄧㄤˋ}，艾_{ㄞˋ}芙_{ㄈㄨˊ}琳_{ㄌㄧㄣˊ}還_{ㄏㄞˊ}是_{ㄕˋ}去_{ㄑㄩˋ}了_{ㄌㄜ˙}。

昆蟲館裡只剩下一隻甲蟲在水箱裡游來游去，周遭空蕩蕩的，只有回音。當時正值第一次世界大戰，動物園管理員和其他數百萬人一樣從軍去了，昆蟲館無人理會。

艾芙琳答應試試館長的工作。

她從倫敦的池塘和溪流中打撈昆蟲。

她_{ㄊㄚ}請_{ㄑㄧㄥ}附_{ㄈㄨ}近_{ㄐㄧㄣ}的_{ㄉㄜ}孩_{ㄏㄞ}子_ㄗ幫_{ㄅㄤ}忙_{ㄇㄤ}找_{ㄓㄠ}來_{ㄌㄞ}
毛_{ㄇㄠ}毛_{ㄇㄠ}蟲_{ㄔㄨㄥ}、甲_{ㄐㄧㄚ}蟲_{ㄔㄨㄥ}和_{ㄏㄢ}蝸_{ㄍㄨㄚ}牛_{ㄋㄧㄡ}，成_{ㄔㄥ}為_{ㄨㄟ}
昆_{ㄎㄨㄣ}蟲_{ㄔㄨㄥ}展_{ㄓㄢ}覽_{ㄌㄢ}會_{ㄏㄨㄟ}的_{ㄉㄜ}明_{ㄇㄧㄥ}星_{ㄒㄧㄥ}。

她_{ㄊㄚ}研_{ㄧㄢ}究_{ㄐㄧㄡ}昆_{ㄎㄨㄣ}蟲_{ㄔㄨㄥ}學_{ㄒㄩㄝ}，博_{ㄅㄛ}
覽_{ㄌㄢ}昆_{ㄎㄨㄣ}蟲_{ㄔㄨㄥ}書_{ㄕㄨ}，探_{ㄊㄢ}索_{ㄙㄨㄛ}神_{ㄕㄣ}
奇_{ㄑㄧ}的_{ㄉㄜ}昆_{ㄎㄨㄣ}蟲_{ㄔㄨㄥ}世_ㄕ界_{ㄐㄧㄝ}，並_{ㄅㄧㄥ}
和_{ㄏㄢ}大_{ㄉㄚ}家_{ㄐㄧㄚ}分_{ㄈㄣ}享_{ㄒㄧㄤ}。

搜獵昆蟲幾個星期後，她為好奇的訪客編織許多有趣的故事：小小的螞蟻怎樣扛著松樹針葉蓋新家，水蝸牛怎麼靠強壯的腳在玻璃上爬行，還有蝴蝶如何吸吮花蜜。民眾爭相觀察昆蟲緩緩爬行、輕輕滑動、或匆匆溜走。

艾芙琳仍然常常夢想著這小小天地之外的廣大世界，
但現在她也會夢想著自己從未研究過的昆蟲，和從未
說過的故事。艾芙琳明白，即使日後獸醫學院終於打
開大門，招收女生，她也永遠不想離開昆蟲世界。

1924年，艾芙琳聽說有個探險計畫要去研究熱帶昆蟲。在那個年代，女性科學家和女性探險家都十分罕見。因為大家認為出去探險太不安全了，女人應該乖乖待在家裡。

但不管怎樣，艾芙琳還是去了。

在波濤洶湧的大海航行五千英里之後，艾芙琳每天從日出到日落，都忙著在太平洋小島上四處探索。

她追逐蜈蚣，捕捉蝴蝶，
跟蹤巨大的陸地蝸牛。

在葛歌納島上，艾芙琳不小心撞進黏答答的巨大蜘蛛網，被纏住了。她在大蜘蛛的注視下，又咬又踢、猛拉蜘蛛絲，卻完全無法掙脫！

這時候，艾芙琳想起口袋裡有一把金屬指甲銼，於是她把黏答答的蜘蛛絲一一切斷，終於突破牢籠，順利脫身。

在努庫西瓦島上，艾芙琳想去攀爬峭壁，她知道一定可以在懸崖上方找到有趣的蟲子。村民告訴她，只有一個男人曾經爬上去過，叫她不要冒險。

但不管怎樣，艾芙琳還是去了。

辛辛苦苦攀爬了幾小時後，艾芙琳終於看到嗡嗡嗡的蜜蜂和黃蜂，還有甲蟲、蚱蜢。

然而，她很快發現，自己犯了一個可怕的錯誤，她忘了帶原本打算擠果汁喝的新鮮萊姆。

艾芙琳想看看附近有沒有溪流，卻滑了一跤。

她跌跌撞撞往下滑落，一邊設法抓住山邊的植物……

直到她緊緊抓住一叢灌木，才停了下來。
一路上，艾芙琳都得想辦法自救，她像隻
毛毛蟲似的，沿著峭壁，慢慢往上爬。

艾芙琳就這樣，熬過了另一次探險，滿背囊的昆蟲也跟著她一起活了下來。

艾芙琳不斷四處旅行，研究昆蟲。1925年，她航行到大溪地，發現一種新蚱蜢。

1934年，她到新幾內亞探險，
找到一種新甲蟲。

1938年，她在衛吉島死火山的
山頂，找到新品種的藍蘭花。

1955年，英國女王頒發大英帝國最優秀勳章給她，獎勵她對科學的貢獻。

即使頭髮漸白，身體出現病痛，艾芙琳從來不曾停止工作。這位充滿冒險精神的昆蟲學家，在她三十多年的探險生涯裡，一直攀山越嶺，探索叢林，蒐集昆蟲。

後來，艾芙琳寫下一個個故事，編輯成書，激勵其他人活得像她一樣……

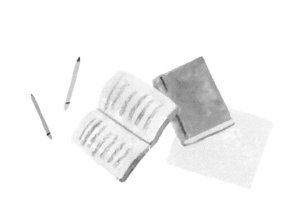

不ㄅㄨˋ管ㄍㄨㄢˇ怎ㄗㄣˇ樣ㄧㄤˋ，就ㄐㄧㄡˋ大ㄉㄚˋ膽ㄉㄢˇ的ㄉㄜˇ去ㄑㄩˋ吧ㄅㄚ！

訪問昆蟲學家亞歷山大・哈爾蒙—佘瑞特

你最喜歡哪一種昆蟲？為什麼？

我主要研究蜜蜂。我喜愛蜜蜂的原因很多，例如：我們生活的世界會這麼繽紛多彩、芬芳怡人，蜜蜂扮演了重要角色，因為蜜蜂會採花蜜。還有，蜜蜂有各種不同的顏色和大小，研究起來十分有趣。

你最欣賞關於昆蟲的哪些事情？

這個問題很難回答，不過也許我最欣賞的是，昆蟲是地球上最多樣的群體。我們常常忽略昆蟲，其實昆蟲無所不在。

你目前在研究什麼？

我的實驗室非常想了解，傳授花粉的昆蟲如何受到像野火或殺蟲劑之類的因素干擾，因而影響昆蟲的多樣性和保育。希望等到我們更了解大量昆蟲的棲息地及其特性後，能進一步改善昆蟲的保育工作。

你是怎麼當上昆蟲學家的？

我一直到上大學之後，才知道有昆蟲學這門學問，我當然也不知道研究昆蟲能成為一種謀生方式。但幸運的是，大二的時候，我修了一門研究植物授粉的課。我愛上了做研究，決定轉而研究昆蟲，因為我發現研究昆蟲更有趣。

你小時候喜歡昆蟲嗎？

我在美國芝加哥長大，除了自家院子，沒有太多自然環境供我每天探索。我喜歡到戶外玩耍，但周遭看不到太多昆蟲。不過，我記得母親帶著我一起整理花園的時候，會告訴我蜜蜂是怎麼樣傳授花粉的。五歲大的時候，我在花園裡四處張望，看到周圍開了很多花，但沒見到幾隻蜜蜂。我憂心忡忡，擔心我們的花沒辦法授粉，所以我開始把花粉從一朵花傳遞到另一朵花。那天，花園裡的百合花、鬱金香和玫瑰花就靠著我的小指頭來異花授粉。我那時候已經開始懂得關心蜜蜂了。

你有沒有被昆蟲叮咬過？

　　我經常被汗蜂叮，汗蜂很喜歡舔人類皮膚上的汗水。我們工作的時候，汗峰會爬到我們的手上、衣領上，甚至鑽進襯衫裡。當牠們受驚、想逃跑的時候，就會叮我們。我也曾經被長滿螫毛的毛毛蟲叮咬過（覺得又癢又痛）。

你發現過新的昆蟲嗎？

　　我們有時候會到偏遠的鄉下工作，因為那些地區有很多昆蟲沒有人好好研究過。我們在那些地方發現過許多罕見的新昆蟲。然後，我們會和生物分類學家合作，等他們證明這些昆蟲真的是沒有人描述過的新品種之後，就會為昆蟲命名。通常都要花很長的時間，和類似的昆蟲作各種比較後，才能確定這昆蟲是不是新品種。

你研究昆蟲時，有沒有碰到什麼困難？

　　我在野外抓昆蟲的時候，常常看到毒蛇。當你環顧四週，觀察花朵上的蜜蜂和蝴蝶時，必須時時保持警覺，因為你很可能快踩到一條響尾蛇卻不自知。我在野外工作的時候，也曾看到山獅出沒的痕跡，因此有點難以專注在昆蟲上。有一次，我們正在研究放牧對昆蟲的影響，附近的牛群對我們非常好奇，全都跑過來圍著我們和我們的車子。牛群有時也可能變得很危險，所以大家都有點緊張，但發出一些大聲響後，牠們就離開了。

關於露西・艾芙琳・奇斯曼

露西・艾芙琳・奇斯曼生於1881年，大家喜歡叫她艾芙琳。她小時候體弱多病，經常躺在床上。但這多病的孩子長大後卻變成一個堅強的女性，無懼於危險、疾病和他人的反對，堅持到底。

昆蟲館首位女館長

艾芙琳剛出社會工作時，在英國當家庭教師，然後受訓成為犬護士，負責照顧生病的狗兒。後來她投入昆蟲學的領域（研究昆蟲），從此踏上當時女性不曾涉足的道路。艾芙琳成為倫敦動物園昆蟲館的首位女館長，把塵封已久、幾乎廢棄的昆蟲館變成動物園的一大亮點。

踏上冒險的旅程

艾芙琳在1924年和一群科學家一起，進行生平第一次海外探險。她很快就感到氣餒，寧可獨自旅行，掌握自己的行程，跟隨自己的熱情。1925年，她隻身展開冒險，一路上並非毫無險阻。艾芙琳在大溪地研究和蒐集昆蟲時，曾經完全迷失方向，又冷又濕、打著寒顫，獨自過了一夜。最後找到回營地的路時，艾芙琳早已筋疲力竭、衣衫破爛，但背包裡的昆蟲都好好活著，充分反映出艾芙琳的行事風格。

NHM images / © The Trustees of the Natural History Museum, London

雖然曾經隻身從事八次探險，但是艾芙琳並不覺得自己很勇敢。她在自傳中寫道：「真正需要的不是勇氣，而是耐力。」艾芙琳忍受艱困的環境，經歷種種險境而存活下來，蒐集了七萬多種昆蟲（有些物種過去從來不曾被科學家記錄過），供倫敦自然史博物館研究。

她在1954年進行最後一次探險，當時她七十三歲，剛動完髖關節手術。1955年，英國女王伊莉莎白二世為了表彰她對科學的貢獻，而頒發大英帝國最優秀勳章給她。

多產的昆蟲學家

除了研究昆蟲及昆蟲的起源之外，艾芙琳也是一位多產作家，為成人和兒童寫了許多故事。她在1924年發表了最初的兩部作品：《昆蟲每天做什麼》（*Everyday Doings of Insects*）及《厲害的小昆蟲》（*The Great Little Insect*）。她筆耕不輟，共出版了十六本書，包含兩本自傳。

啟發更多的研究

即使晚年不再探險，艾芙琳仍在倫敦自然史博物館工作。她在1969年過世了，享壽八十八歲，但她蒐集的許多昆蟲標本和她寫的故事都被留傳下來。也因為她的貢獻，科學家仍持續有許多新發現。到目前為止，至少有六十九個物種以她命名。